*easy*Original

Gustavo Adolfo Bécquer

Los ojos verdes

Die grünen Augen

Aus dem Spanischen übersetzt von

Magdalena Bauch

Lesemethode von Ilya Frank

*easy*Original

Medieninhaber:

EasyOriginal Verlag e.U., Anastasia Guskova

Eroicagasse 18/3, 1190 Wien, Österreich

Verlagsort: Wien, Österreich

Cover & Layout: EasyOriginal Verlag e.U., Multimediana e.U.

Printed in Germany

Text Originalfassung: Gustavo Adolfo Bécquer

Deutsche Übersetzung: Magdalena Bauch

Audiobook: Librivox / Rosacarmela

1. Auflage

ISBN print 978-3-99112-024-7

ISBN epub 978-3-99112-025-4

ISBN pdf 978-3-99112-026-1

ISBN mobi 978-3-99112-027-8

Website und Online-Shop:

www.**easyoriginal.com**

Wie lese ich dieses Buch?

Liebe Leserinnen und Leser!

Sie haben hier nicht das nächste adaptierte Buch vor sich, das auf einer gekürzten und vereinfachten Fassung des Originaltexts basiert.

Sondern vor allem ein interessantes Buch in einer Fremdsprache, das in der echten, "lebendigen" Sprache in der Originalfassung des Autors wiedergegeben wird.

Sie müssen sich überhaupt nicht an einen Tisch setzen, um mit dem Unterricht zu beginnen. Dieses Buch kann überall gelesen werden – zum Beispiel in der U-Bahn oder auf der Couch, wenn Sie sich nach der Arbeit ausruhen. Denn die Einzigartigkeit dieser Methode liegt gerade darin, dass Sie sich die fremdsprachigen Vokabeln ganz ohne Pauken und ohne zusätzliches Wörterbuch schnell von selbst merken, einfach, weil sich diese im Text wiederholen.

Sie lesen ganz entspannt einen Originaltext und verstehen dabei jedes Wort und jeden Ausdruck ohne Wörterbuch!

Es gibt viele Klischees, wenn es darum geht, eine Fremdsprache zu erlernen: dass nur Menschen mit einem besonderen Talent oder bestimmten Vorkenntnissen (Zweit- oder Drittsprache usw.) eine neue Sprache lernen könnten, dass dies fast von der Wiege aus erfolgen sollte und vor allem, dass es im Allgemeinen eine schwierige und ziemlich mühsame Aufgabe ist.

Das stimmt aber alles nicht! Die langjährige und erfolgreiche Anwendung von Ilya Franks Lesemethode beweist:

Jeder kann interessante Bücher in einer Fremdsprache lesen!

Und das

In jeder Sprache

In jedem Alter

und auch auf jedem Niveau (beginnend mit Anfänger)!

Für russischsprachige Menschen gibt es heute bereits mehr als 400 Bücher in 63 verschiedenen Sprachen. Und Millionen von Lesern, die an sich selbst glauben!

Und auch für deutsche Muttersprachler sind die ersten Bücher schon vorbereitet. Diese werden derzeit vor allem in 5 Ausgangssprachen (Englisch, Französisch, Italienisch, Spanisch, Russisch) intensiv weiterentwickelt.

Also, "wie geht das?"

Bitte öffnen Sie eine Seite dieses Buches. Sie werden sehen, dass der Text in Abschnitte unterteilt ist. Zuerst kommt die angepasste Passage — ein Text mit einer wörtlichen deutschen Übersetzung und einem kleinen lexikogrammatischen Kommentar. Dann folgt derselbe Text noch einmal, aber diesmal ohne Übersetzung und Kommentare.

Wenn Sie die Fremdsprache erst seit Kurzem lernen, sollten Sie zuerst den kommentierten Text und daraufhin denselben Text ohne die Kommentare lesen. Wenn Sie die Bedeutung eines Wortes vergessen haben, aber Ihnen der Zusammenhang im Großen und Ganzen klar ist, dann müssen Sie dieses Wort nicht extra im kommentierten Abschnitt heraussuchen. Sie werden diesem Wort wiederbegegnen. Der nicht-adaptierte Text dient dazu, dass Sie eine Zeit lang — wenn auch nur kurz - "ins kalte Wasser geworfen werden". Nachdem Sie den nicht-adaptierten

Text gelesen haben, lesen Sie den darauffolgenden, angepassten Text. Zum Zweck der Wiederholung zurückgehen brauchen Sie nicht! Lesen Sie einfach weiter.

Mit diesem Buch können Sie auch Ihr Hörverständnis trainieren/verbessern.

Das Buch enthällt ein Hörbuch, die nach Fragmente zugeschnitten ist, entsprechend den Adaptionsaufteilung. Vor jedem Originaltextfragment finden Sie dessen Nummer. Mit Ihrem Handy oder Tablet können Sie QR-Code am Anfang des Buches scannen und kommen direkt auf der Website. Hier finden Sie auch das direkte Link zu allen Fragmente dieses Buches mit den entsprechenden Nummern, die Sie gleich erreichen können. Und direkt auf die Website den gewünschte Nummer abspielen lassen.

Zuerst wird die Flut an unbekannten Wörtern und Formen überwältigend auf Sie wirken. Aber haben Sie keine Angst: niemand testet Sie! Beim Lesen "beruhigt sich alles" (auch, wenn es erst bei der Mitte oder sogar gegen Ende des Buches passiert) und Sie werden überrascht sein: "Warum kommt schon wieder die Übersetzung und der Wortstamm – mir ist alles klar!" Wenn dieser

Moment der “Klarheit” eintritt, können Sie das Gegenteil machen: Lesen Sie zuerst den nicht-adaptierten Teil und schauen Sie sich dann den adaptierten an. Diese Art zu lesen ist auch für jene empfehlenswert, die die Sprache bereits auf einem fortgeschrittenen Niveau beherrschen.

Sprache ist von Natur aus ein Mittel zum Zweck, aber kein Selbstzweck. Deshalb wird eine neue Sprache nicht dann am besten aufgenommen, wenn “eingepaukt” wird, sondern wenn sie auf natürliche Weise verwendet wird — entweder in der Live-Kommunikation oder in Form einer unterhaltsamen Lektüre. Damit lernt es sich von selbst.

Vokabellernen sollte nicht langweiliges Auswendiglernen von Wörtern und Regeln bedeuten, sondern lebendig sein und auf vielen neuen Eindrücken basieren.

Anstatt ein Wort mehrmals zu wiederholen, ist es oft besser, dem Vokabel in verschiedenen Kombinationen und in verschiedenen semantischen Kontexten zu begegnen. Der Großteil des allgemeinen Wortschatzes bleibt Ihnen aufgrund der Textlektüre auf eine natürliche Weise und ohne Pauken erhalten, weil der Wortschatz ständig wiederholt wird. Daher müssen Sie nach dem Lesen des

Textes nicht aktiv versuchen, sich Wörter daraus zu merken. “Ich mache nicht weiter, bevor ich das hier nicht kann” - dieses Prinzip passt hier nicht. Je intensiver Sie lesen und je schneller Sie im Text vorankommen, desto besser für Sie. Auch wenn es seltsam klingt, in diesem Fall gilt: je oberflächlicher und je entspannter Sie lesen, desto besser. Denn dann erledigt die Menge an Stoff die Arbeit von alleine und die Menge führt schließlich zu Qualität. Sie müssen also nur lesen — denken Sie am besten gar nicht daran, dass Sie eine Fremdsprache erlernen wollen, sondern konzentrieren Sie sich einfach auf den Inhalt des Buches!

Das Hauptproblem aller, die jahrelang eine Sprache lernen, ist, dass sie die Sprache sehr langsam erlernen und sich nicht voll darauf einlassen. In Wirklichkeit muss man eine Sprache aber nicht so sehr erlernen, als sich daran gewöhnen. Beim Spracherwerb geht es weniger um rationales Verständnis oder ein gutes Gedächtnis als um praktische Übung. In diesem Sinne ähnelt das Erlernen einer Sprache dem Erlernen einer Sportart — auch sie muss ständig betrieben werden, um Ergebnisse zu erzielen. Wenn Sie kompletter Anfänger sind und viel lesen, können Sie damit rechnen, innerhalb von drei bis vier Monaten eine neue Sprache flüssig lesen zu können. Wenn Sie im Gegensatz dazu nur ab und zu pauken, quälen Sie sich damit nur selbst und treten am Fleck. Sprache in diesem Sinne ist wie ein Eisberg — Sie müssen ihn schnell erklimmen! Solange Sie es nicht bis zur Spitze schaffen, werden Sie immer wieder hinunterrollen. Wenn Sie einmal so weit sind, dass Sie frei lesen können, werden Sie diese Fähigkeit nie wieder verlieren, auch wenn Sie erst Jahre später wieder in dieser Sprache lesen. Aber Sie sollten gleich von Beginn an aktiv lesen, um dieses Können zu erwerben — ansonsten besteht das Risiko, dass alles Gelernte wieder verschwindet.

Und was mit der Grammatik? Um einen derart kommentierten Text zu verstehen, sind keine ausführlichen Grammatikkenntnisse erforderlich — es wird alles von selbst klar. Bestimmte Formen tauchen immer wieder auf und die Grammatik wird auch intuitiv verstanden. Schließlich lernen Menschen, die in eine neue Sprachumgebung gezogen sind, die Sprache auch oft einfach durch das Umfeld und ohne sich jemals mit Grammatik befasst zu haben. Dies soll Sie nicht von der Grammatik abhalten (Grammatik ist sehr interessant, befassen Sie sich ruhig damit). Aber Sie sollen nicht glauben, dass Sie mit dem Lesen dieses Buches nur anfangen können, wenn Sie alle Regeln und grammatischen Grundlagen kennen.

Diese Bücher helfen Ihnen, eine wichtige Barriere zu überwinden: Sie gewinnen an Wortschatz, gewöhnen sich an die Logik der Sprache und sparen viel Zeit und Mühe.

Ilya Frank - wer ist das?

Ilya Frank wurde 1963 in Moskau geboren. 1985 absolvierte er die philologische Fakultät der Moskauer Staatlichen Universität mit einem Abschluss als Deutscher Philologe und Deutschlehrer. Er unterrichtete mehrere Jahre lang in der Schule, dann in Fremdsprachenkursen und auch als Professor an der Russischen Staatlichen Universität für Geisteswissenschaften.

Seit 2001 werden in Russland fremdsprachige Bücher nach der Lesemethode von Ilja Frank veröffentlicht. Bis Juli 2019 wurden über 400 Bücher für russischsprachige Leser in 63 Sprachen vorbereitet. Es werden ständig neue Bücher veröffentlicht und das Sprachspektrum erweitert sich weiter. Ilya Frank übersetzt selbst (aus einer Reihe von germanischen, romanischen und auch orientalischen Sprachen) und koordiniert und lektoriert die Arbeit der Mitübersetzer.

Ilya Frank ist der Autor mehrerer deutschsprachiger Lehrbücher für Russischsprachige.

Los ojos verdes

Die grünen Augen

Audiobook:

https://easyoriginal.com/audio/s1

Hace mucho tiempo que tenía ganas de escribir (seit langer Zeit hatte ich Lust zu schreiben; ***tener** — haben*) **cualquier cosa con este título** (irgendetwas mit diesem Titel).

Hoy, que se me ha presentado ocasión (heute, wo sich mir /eine/ Gelegenheit geboten hat; ***presentar** — zeigen; vorstellen*), **lo he puesto con letras grandes** (das habe ich in großen Buchstaben gesetzt = habe ich es in Großbuchstaben gesetzt; ***poner** — setzen; stellen; legen*) **en la primera cuartilla de papel** (auf das erste Blatt: «auf das erste Viertelpapier»; ***cuarto**$_m$ — Viertel*), **y luego he dejado a capricho volar la pluma** (und dann habe ich nach Belieben die Feder fliegen lassen; ***dejar** — lassen; **capricho**$_m$ — Laune*).

1

Hace mucho tiempo que tenía ganas de escribir cualquier cosa con este título.

Hoy, que se me ha presentado ocasión, lo he puesto con letras grandes en la primera cuartilla de papel, y luego he dejado a capricho volar la pluma.

Yo creo que he visto unos ojos (ich glaube, dass ich Augen gesehen habe; ***ver*** *— sehen*) **como los que he pintado en esta leyenda** (wie die, die ich in dieser Legende beschrieben habe; ***pintar*** *— malen; schildern*)**. No sé si en sueños** (ich weiß nicht, ob im Traum: «in Träumen»; ***saber*** *— wissen;* ***soñar*** *— träumen*)**, pero yo los he visto** (aber ich habe sie gesehen)**. De seguro no los podré describir tales cuales ellos eran** (sicher könnte ich sie nicht genauso beschreiben, wie sie waren; ***poder*** *— können*)**: luminosos** (leuchtend; ***luz****f — Licht;* ***iluminar*** *— erleuchten; beleuchten*)**, transparentes** (durchsichtig) **como las gotas de la lluvia** (wie Regentropfen: «wie die Tropfen des Regens») **que se resbalan sobre las hojas**

de los árboles (die von den Blättern der Bäume perlen: «die rutschen über die Blätter der Bäume») **después de una tempestad de verano** (nach einem Sommersturm; ***tempestad***$_{f}$ *— Gewitter; Unwetter;* ***verano***$_{m}$ *— Sommer*).

2

Yo creo que he visto unos ojos como los que he pintado en esta leyenda. No sé si en sueños, pero yo los he visto. De seguro no los podré describir tales cuales ellos eran: luminosos, transparentes como las gotas de la lluvia que se resbalan sobre las hojas de los árboles después de una tempestad de verano.

De todos modos (jedenfalls: «auf alle Arten»), **cuento con la imaginación de mis lectores** (verlasse ich mich auf die Vorstellungskraft meiner Leser; ***contar*** *— zählen;* ***contar con*** *— sich verlassen auf;* ***imaginar*** *— vorstellen*) **para hacerme comprender en este** (um mich verständlich zu machen in dem; ***hacer*** *— machen*) **que pudiéramos llamar boceto de un cuadro** (was wir Entwurf eines Bildes nennen könnten; ***poder*** *— können;* ***boceto***$_{m}$

— *Skizze, Entwurf*) **que pintaré algún día** (das ich eines Tages malen werde).

3

De todos modos, cuento con la imaginación de mis lectores para hacerme comprender en este que pudiéramos llamar boceto de un cuadro que pintaré algún día.

I

—Herido va el ciervo (der Hirsch ist: «geht» verletzt; ***herir*** *— verletzen;* ***ir*** *— gehen*)**... herido va** (/er/ ist verletzt)**; no hay duda** (/da/ gibt es keinen Zweifel; *haber;* ***dudar*** *— zweifeln*)**. Se ve el rastro de la sangre** (man sieht die Blutspur: «Spur des Blutes») **entre las zarzas del monte** (zwischen den Dornen des Unterholzes; ***zarza***$_f$ *— Dornenbusch;* ***monte***$_m$ *— Berg; Waldland; Unterholz*)**, y al saltar uno de esos lentiscos** (und /nachdem/ er über einen dieser Mastixsträucher sprang) **han flaqueado sus**

piernas (wurden seine Beine schwach; ***flaco*** *— dünn; dürr;* ***flaquear*** *— schwach werden, nachlassen*)**... Nuestro joven señor comienza** (unser junger Herr beginnt; *comenzar*) **por donde otros acaban** (wo andere aufhören)**... en cuarenta años de montero no he visto mejor golpe** (in vierzig Jahren als Jäger haben ich keinen besseren Treffer gesehen; ***montero***$_m$ *— Jäger, Treiber;* ***golpe***$_m$ *— Schlag; Treffer*)**...**

4

—Herido va el ciervo... herido va; no hay duda. Se ve el rastro de la sangre entre las zarzas del monte, y al saltar uno de esos lentiscos han flaqueado sus piernas... Nuestro joven señor comienza por donde otros acaban... en cuarenta años de montero no he visto mejor golpe...

Pero, ¡por San Saturio, patrón de Soria (aber beim Heiligen Saturio, Schutzpatron von Soria)**!, cortadle el paso por esas carrascas** (schneidet ihm den Weg ab durch diese Steineichen; ***pasar*** *— vorbeigehen;* ***carrasca***$_f$

— Steineiche, immergrüne Eiche)**, azuzad los perros** (hetzt die Hunde auf)**, soplad en esas trompas** (blast in diese = *die* Jagdhörner) **hasta echar los hígados** (bis die Lungen herauskommen: «bis zum Auswerfen der Leber»; ***echar*** *— werfen, ausstoßen;* ***echar los hígados*** *— sich abrackern*)**, y hundidle a los corceles una cuarta de hierro en los ijares** (und versenkt den Rössern ein Viertel Eisen in die Flanken = und versenkt die Eisen tief in die Flanken der Rösser; ***hundir*** *— versenken; untergehen;* ***corcel****m — Ross*)**: ¿no veis** (seht ihr nicht) **que se dirige hacia la fuente de los álamos** (dass er in Richtung der Quelle bei den Pappeln läuft; ***dirigirse*** *— sich wenden; sich bewegen*)**; y si la salva antes de morir** (und wenn er über sie spring: «und wenn er sie überspringt» bevor er stirbt; ***salvar*** *— retten; überspringen*) **podemos darle por perdido** (können wir ihn als verloren ansehen; ***dar*** *— geben;* ***dar por*** *— ansehen als*)**!**

5

Pero ¡por San Saturio, patrón de Soria!, cortadle el paso por esas carrascas, azuzad los perros, soplad en esas trompas hasta echar los hígados, y hundidles a los corceles una cuarta de hierro en los ijares: ¿no veis que se dirige hacia la fuente de los álamos; y si la salva antes de morir podemos darle por perdido!

Las cuencas del Moncayo repitieron de eco en eco el bramido de las trompas (die Täler des Moncayo / Gebirges/ wiederholten echoend den Lärm der Jagdhörner; ***repetir*** *— wiederholen;* ***bramido***$_m$ *— Gebrüll, Tosen*), **el latir de la jauría desencadenada** (das Bellen der losgeketteten Meute; ***cadena***$_f$ *— Kette*), **y las voces de los pajes** (und die Stimmen der Pagen; ***voz***$_f$ *— Stimme*) **resonaron con nueva furia** (ertönten mit neuer Wucht), **y el confuso tropel de hombres** (und das konfuse Getümmel aus Männern; ***confundir*** *— verwechseln, verwirren*), **caballos** (Pferden) **y perros** (und Hunden) **se dirigió al punto que Íñigo** (lief zu dem Punkt, den Íñigo), **el montero mayor de los marqueses de Almenar** (der oberste Jäger der Marktgrafen von Almenar; ***mayor*** *— größer; älter; größte; älteste*), **señalara como el más a propósito para cortarle el paso a la res** (zeigte als den geeignetsten, um dem Vieh den Weg abzuschneiden; ***propósito***$_m$ *— Absicht, Zweck*).

6

Las cuencas del Moncayo repitieron de eco en eco el bramido de las trompas, el latir de la jauría desencadenada, y las voces de los pajes resonaron con nueva furia, y el confuso tropel de hombres, caballos y perros se dirigió al punto que Íñigo, el montero mayor de los marqueses de Almenar, señalara como el más a propósito para cortarle el paso a la res.

Pero todo fue inútil (aber alles war vergeblich; ***útil*** *— nützlich*). **Cuando el más ágil de los lebreles** (als der flinkste der Windhunde) **llegó a las carrascas jadeante** (hechelnd bei den Steineichen ankam; *llegar*; ***jadear*** *— keine Luft bekommen; keuchen*) **y cubiertas las fauces de espuma** (und das Maul mit Schaum bedeckt; ***cubrir*** *— bedecken*; ***fauces***$_f$ *— Schlund*), **ya el ciervo rápido como una saeta** (/war/ der Hirsch schnell wie ein Pfeil schon: «schon /war/ der Hirsch, schnell wie ein Pfeil»),

las había salvado de un solo brinco (über sie gesprungen mit einem einzigen Sprung)**, perdiéndose entre los matorrales de una trocha** (/und/ verschwand im Dickicht eines Pfades; ***perder*** — *verlieren;* ***perderse*** — *verloren gehen*) **que conducía a la fuente** (der zu der Quelle führte; *conducir*)**.**

7

Pero todo fue inútil. Cuando el más ágil de los lebreles llegó a las carrascas jadeante y cubiertas las fauces de espuma, ya el ciervo rápido como una saeta, las había salvado de un solo brinco, perdiéndose entre los matorrales de una trocha que conducía a la fuente.

—¡Alto (halt)**!... ¡Alto todo el mundo** (alle Mann halt: «halt die ganze Welt»)**! —gritó Íñigo entonces** (schrie Íñigo dann; *gritar*) **—; estaba de Dios que había de marcharse** (Gott wollte, dass er entkommt: «es war an Gott, dass er musste weggehen»)**.**

Y la cabalgata se detuvo (und der Reitertrupp hielt an; ***detener*** *— anhalten*)**, y enmudecieron las trompas** (und die Jagdhörner verstummten; ***mudo*** *— stumm*)**, y los lebreles dejaron refunfuñando la pista** (und die Windhunde gaben murrend die Spur auf; ***refunfuñar*** *— murren*) **a la voz de los cazadores** (auf Rufen der Jäger; ***cazar*** *— jagen*)**.**

8

—¡Alto!... ¡Alto todo el mundo! —gritó Íñigo entonces—; estaba de Dios que había de marcharse.

Y la cabalgata se detuvo, y enmudecieron las trompas, y los lebreles dejaron refunfuñando la pista a la voz de los cazadores.

En aquel momento se reunía a la comitiva el héroe de la fiesta (in diesen Moment schloss sich dem Gefolge der Held des Festes an; ***reunir*** *— versammeln, sammeln*)**, Fernando de Argensola, el primogénito de Almenar** (Fernando de Argensola, der Erstgeborene von Almenar)**.**

—¿Qué haces (was machst du)**? —exclamó** (rief er) **dirigiéndose a su montero** (sich an seinen Jäger wendend; ***dirigirse*** *— sich begeben nach; sich wenden an*)**, y en tanto, ya se pintaba el asombro en sus facciones** (und währenddessen zeigte sich mal Verwunderung auf seinen Gesichtszügen; ***asombrar*** *— wundern*)**, ya ardía la cólera en sus ojos** (mal brannte die Wut in seinen Augen; ***ya*** *— schon; jetzt;* ***ya ... ya*** *— mal ... mal; arder*) **—. ¿Qué haces, imbécil** (was machst du, Schwachkopf; ***imbécil*** *— schwachsinnig, dumm*)**?**

9

En aquel momento se reunía a la comitiva el héroe de la fiesta, Fernando de Argensola, el primogénito de Almenar.

—¿Qué haces? —exclamó dirigiéndose a su montero, y en tanto, ya se pintaba el asombro en sus facciones, ya ardía la cólera en sus ojos—. ¿Qué haces, imbécil?

¡Ves que la pieza está herida (sieh /doch/, dass das Stück Wild verwundet ist; ***pieza***$_f$ *— Stück; **herir** — verletzen, verwunden*)**, que es la primera que cae por mi mano** (was das erste ist, das durch meine Hand fällt)**, y abandonas el rastro** (und du gibst die Spur auf; ***abandonar** — verlassen; aufgeben*) **y la dejas perder** (und lässt es entkommen; ***perder** — verlieren; vergeuden*) **para que vaya a morir en el fondo del bosque** (damit es in der Tiefe des Waldes stirbt; *ir*)**! ¿Crees acaso que he venido a matar ciervos** (denkst du vielleicht, dass ich gekommen bin, um Hirsche zu töten; ***venir** — kommen*) **para festines de lobos** (zum Festessen der Wölfe)**?**

—Señor (Herr) **—murmuró Íñigo entre dientes** (murmelte Íñigo zwischen Zähnen = mit zusammengepressten Zähnen) **—, es imposible pasar de este punto** (es ist unmöglich, diesen Punkt zu passieren; ***posible** — möglich*)**.**

—¡Imposible (unmöglich)**! ¿Y por qué** (und warum)**?**

10

¡Ves que la pieza está herida, que es la primera que cae por mi mano, y abandonas el rastro y la dejas perder para que vaya a morir en el fondo del bosque! ¿Crees acaso que he venido a matar ciervos para festines de lobos?

—Señor —murmuró Íñigo entre dientes—, es imposible pasar de este punto.

—¡Imposible! ¿Y por qué?

—Porque esa trocha (weil dieser Pfad) **— prosiguió el montero** (fuhr der Jäger fort; *proseguir; **seguir** — folgen; fortsetzen*) **— conduce a la fuente de los Álamos** (führt zur Quelle bei den Pappeln; *conducir*)**; la fuente de los Álamos** (die Quelle bei den Pappeln)**, en cuyas aguas habita un espíritu del mal** (in dessen Wasser ein böser Geist wohnt: «in dessen Wassern wohnt ein Geist des Bösen»)**. El que osa enturbiar su corriente** (wer wagt, seine Strömung zu trüben; ***correr** — laufen*)**, paga caro su atrevimiento** (bezahlt teuer seine Kühnheit = muss seine Kühnheit teuer bezahlen; ***atreverse** — sich trauen*)**.**

11

— Porque esa trocha — prosiguió el montero— conduce a la fuente de los Álamos; la fuente de los Álamos, en cuyas aguas habita un espíritu del mal. El que osa enturbiar su corriente, paga caro su atrevimiento.

Ya la res habrá salvado sus márgenes (das Vieh wird bereits dessen Ränder erreicht haben; *haber*)**; ¿cómo la salvaréis vos** (wie erreicht Ihr ihn) **sin atraer sobre vuestra cabeza** (ohne über Euren Kopf anzuziehen; ***traer*** *— bringen*) **alguna calamidad horrible** (ein furchtbares Unglück)**? Los cazadores somos reyes del Moncayo** (wir Jäger sind die Könige des Moncayo; ***cazar*** *— jagen*)**, pero reyes que pagan un tributo** (aber Könige, die ein Tribut zahlen)**. Pieza que se refugia en esa fuente misteriosa** (das Stück Wild, das bei dieser geheimnisvollen Quelle Zuflucht sucht; *refugirse;* ***refugio****$_m$ — Zuflucht;* ***misterio****$_m$ — Geheimnis*)**, pieza perdida** (/ist ein/ verlorenes Stück Wild; *perder*)**.**

12

Ya la res habrá salvado sus márgenes; ¿cómo la salvaréis vos sin atraer sobre vuestra cabeza alguna calamidad horrible? Los cazadores somos reyes del Moncayo, pero reyes que pagan un tributo. Pieza que se refugia en esa fuente misteriosa, pieza perdida.

—¡Pieza perdida (verlorenes Stück Wild)**! Primero perderé yo el señorío de mis padres** (vorher verliere ich den herrschaftlichen Besitz meiner Eltern; ***primero** — erst; zuerst;* ***padre**$_m$ — Vater*), **y primero perderé el ánima en manos de Satanás** (und vorher verliere ich meine Seele an die Hände Satans), **que permitir que se me escape ese ciervo** (bevor ich zulasse, dass mir dieser Hirsch entkommt; ***escapar**/se/ — entkommen*), **el único que ha herido mi venablo** (der einzige, den mein Jagdspieß verletze; herir), **la primicia de mis excursiones de cazador** (bei meinem ersten Jagdausflug: «der Erstling meiner Ausflüge als Jäger»)**... ¿Lo ves** (siehst du ihn)**?... ¿Lo ves** (siehst du ihn)**?... Aún se distingue a intervalos desde aquí** (noch ist er von hier in Intervallen zu erkennen =

noch kann man ihn hin und wieder von hier aus sehen)**...** **las piernas le faltan** (die Beine versagen ihm: «fehlen ihm»; ***faltar*** — *fehlen, ausbleiben; sterben*)**, su carrera se acorta** (sein Lauf stockt; ***corto*** — *kurz;* ***acortar*** — *verkürzen; stocken*)**; déjame** (lass mich)**... déjame** (lass mich)**... suelta esa brida** (lass dieses Zaumzeug los; *soltar*) **o te revuelco en el polvo** (oder ich werfe dich in den Staub; ***volcar*** — *umwerfen; umfallen;* ***revolcar*** — *zu Boden werfen*)**...**

13

—¡Pieza perdida! Primero perderé yo el señorío de mis padres, y primero perderé el ánima en manos de Satanás, que permitir que se me escape ese ciervo, el único que ha herido mi venablo, la primicia de mis excursiones de cazador... ¿Lo ves?... ¿Lo ves?... Aún se distingue a intervalos desde aquí... las piernas le faltan, su carrera se acorta; déjame... déjame... suelta esa brida o te revuelco en el polvo...

¿Quién sabe si no le daré lugar (wer weiß, ob ich ihn nicht dazu bringe; *saber;* ***dar lugar*** *— hervorrufen; Anlass geben zu*) **para que llegue a la fuente** (das ich bis zur Quelle komme; *llegar*)**? Y si llegase** (und wenn ich ankomme)**, al diablo ella** (zum Teufel /mit/ ihr)**, su limpidez** (ihrer Reinheit; ***limpio*** *— sauber*) **y sus habitadores** (und ihren Bewohnern; ***habitar*** *— wohnen, bewohnen*)**. ¡Sus** (hü)**!, ¡Relámpago** (Blitz)**!, ¡sus, caballo mío** (hü, mein Pferd)**!, si lo alcanzas** (wenn du ihn einholst; ***alcanzar*** *— erreichen; schaffen; einholen*)**, mando engarzar los diamantes de mi joyel** (lasse ich die Diamanten meines Schmucks einfassen: «ordne ich an, die Diamanten meines kleinen Schmuckstücks einzufassen») **en tu serreta de oro** (in deinen goldenen Kappzaum)**.**

Caballo y jinete partieron como un huracán (Pferd und Reiter ritten los wie ein Orkan: «brachen auf wie ein Orkan»; *partir*)**.**

14

¿Quién sabe si no le daré lugar para que llegue a la fuente? Y si llegase, al diablo ella, su limpidez y sus habitadores. ¡Sus!, ¡Relámpago!, ¡sus, caballo mío!, si lo alcanzas, mando engarzar los diamantes de mi joyel en tu serreta de oro.

Caballo y jinete partieron como un huracán.

Íñigo los siguió con la vista (Íñigo folgte ihnen mit dem Blick; *seguir*) **hasta que se perdieron en la maleza** (bis sie sich im Dickicht verloren)**; después volvió los ojos en derredor suyo** (danach wendete er die Augen rings um sich; ***volver*** *— umdrehen, umkehren, wenden*)**; todos, como él, permanecían inmóviles y consternados** (alle, wie er, blieben unbeweglich und bestürzt; *permanecer;* ***móvil*** *— beweglich;* ***mover*** *— bewegen*)**.**

15

Íñigo los siguió con la vista hasta que se perdieron en la maleza; después volvió los ojos en derredor suyo; todos, como él, permanecían inmóviles y consternados.

El montero exclamó al final (der Jäger rief schließlich: «am Ende»)**:**

—Señores, vosotros lo habéis visto (Herrschaften, Ihr habt es gesehen)**; me he expuesto a morir entre los pies de su caballo** (ich habe riskiert zu sterben zwischen den Füßen des Pferdes = ich habe riskiert, zwischen den Hufen des Pferdes zu sterben; *exponer*) **por detenerle** (um ihn aufzuhalten)**. Yo he cumplido con mi deber** (ich habe meine Pflicht erfüllt: «mit meiner Pflicht»)**. Con el diablo no sirven valentías** (mit dem Teufel nützen Heldentaten nicht; *servir; **valiente** — tapfer, mutig*)**. Hasta aquí llega el montero con su ballesta** (bis hier/hin/ kommt der Jäger mit seiner Armbrust)**; de aquí adelante** (von hier an: «von hier vorwärts»)**, que pruebe a pasar el capellán con su hisopo** (soll es der Kaplan mit seinem Weihwasserwedel versuchen: «dass der Kaplan mit seinem Weihwasserwesel versucht auszukommen; *probar; **pasar** — vorbeigehen; auskommen*)**.**

16

El montero exclamó al final:

—Señores, vosotros lo habéis visto; me he expuesto a morir entre los pies de su caballo por detenerle. Yo he cumplido con mi deber. Con el diablo no sirven valentías. Hasta aquí llega el montero con su ballesta; de aquí adelante, que pruebe a pasar el capellán con su hisopo.

II

—Tenéis la color quebrada (Ihr habt eine blasse Gesichtsfarbe; ***color***$_m$ *—Farbe; Gesichtsfarbe;* ***quebrar*** *— zerbrechen; erblassen*)**; andáis mustio y sombrío** (Ihr seid «geht» bedrückt und schwermütig; ***andar*** *— gehen; laufen; fahren*)**; ¿qué os sucede** (was passiert Euch = was ist los mit Euch; *suceder*)**? Desde el día, que yo siempre tendré por funesto** (seit dem Tag, den ich immer als unheilvoll haben werde = seit dem Tag, der für mich immer unheilvoll sein wird; *tener*), **en que llegasteis a la fuente de los Álamos** (an dem Ihr zur Quelle bei den Pappeln kamt = bei der Quelle bei den Pappeln wart) **en pos de la res herida** (hinter dem verletzten Vieh her), **diríase** (könnte man meinen: «sagen»; *decir*) **que una mala bruja os ha encanijado con sus hechizos** (dass eine böse Hexe Euch kränklich gemacht hat mit ihren Zaubersprüchen; ***canijo*** *— kümmerlich, klein;* ***encanijarse*** *— kränklich werden; verkümmern;* ***hechizar*** *— verzaubern*).

17

—Tenéis la color quebrada; andáis mustio y sombrío; ¿qué os sucede? Desde el día, que yo siempre tendré por funesto, en que llegasteis a la fuente de los Álamos en pos de la res herida, diríase que una mala bruja os ha encanijado con sus hechizos.

Ya no vais a los montes (Ihr geht nicht mehr in die Berge; *ir*) **precedido de la ruidosa jauría** (vorangehend die laute Meute; *preceder*), **ni el clamor de vuestras trompas despierta sus ecos** (noch der Schrei Eurer Hörner erweckt ihre Echos; *despertar*). **Sólo con esas cavilaciones** (nur mit diesen Grübeleien; ***cavilar*** *— grübeln, brüten*) **que os persiguen** (die Euch verfolgen; *perseguir*), **todas las mañanas tomáis la ballesta** (jeden Morgen nehmt Ihr die Armbrust = nehmt Ihr jeden Morgen die Armbrust) **para enderezaros a la espesura** (um Euch ins Dickicht zu begeben: «zu wenden»; ***enderezar*** *— aufrichten; lenken; sich wenden;* ***espeso*** *— dick/flüssig/; dicht;* ***espesura****, f — Dichte, Dicke; Dickicht*) **y permanecer en ella** (und in ihm = *dort* zu bleiben) **hasta que el sol se esconde** (bis die Sonne sich versteckt = untergeht; ***esconderse*** *— sich verstecken;* ***escondite****$_m$ — Versteck*).

18

Ya no vais a los montes precedido de la ruidosa jauría, ni el clamor de vuestras trompas despierta sus ecos. Sólo con esas cavilaciones que os persiguen, todas las mañanas tomáis la ballesta para enderezaros a la espesura y permanecer en ella hasta que el sol se esconde.

Y cuando la noche oscurece (und wenn die Nacht dunkel wird; *oscurecer; **oscuro** — dunkel*) **y volvéis pálido y fatigado al castillo** (und Ihr blass und erschöpft zum Schloss zurückkehrt; ***fatigar** — ermüden, erschöpfen*), **en balde busco en la bandolera los despojos de la caza** (suche ich vergeblich in der Schultertasche nach der Jagdbeute; *buscar; **despojo** — Beute*). **¿Qué os ocupa tan largas horas** (was beschäftigt Euch so lange Stunden) **lejos de los que más os quieren** (fern von denen, die Euch am meisten lieben)**?**

Mientras Íñigo hablaba (während Íñigo sprach) **Fernando, absorto en sus ideas** (Fernando, versunken in seine Gedanken = gedankenversunken; ***absorber** — aufsaugen; absorbieren; in Anspruch nehmen*), **sacaba maquinalmente astillas de su escaño de ébano** (löste wie mechanisch Splitter aus seiner Sitzbank aus Ebenholz; ***sacar** — herausnehmen, lösen; **máquina**, f— Maschine*) **con el cuchillo de monte** (mit dem Jagdmesser: «mit dem Bergmesser»).

19

Y cuando la noche oscurece y volvéis pálido y fatigado al castillo, en balde busco en la bandolera los despojos de la caza. ¿Qué os ocupa tan largas horas lejos de los que más os quieren?

Mientras Íñigo hablaba Fernando, absorto en sus ideas, sacaba maquinalmente astillas de su escaño de ébano con el cuchillo de monte.

Después de un largo silencio (nach einer langen Stille)**, que sólo interrumpía el chirrido de la hoja** (die nur unterbrochen wurde von dem Quietschen der Klinge; *interrumpir; **chirriar** — quietschen*; ***hoja**$_f$— Blatt; Klinge*) **al resbalar sobre la pulimentada madera** (beim Gleiten über das polierte Holz; ***pulimentar** — polieren, glätten*)**, el joven exclamó** (rief der junge Mann: «der Jugendliche») **dirigiéndose a su servidor** (sich an seinen Diener wendend; ***servir** — dienen, nützen*)**, como si no hubiera escuchado una sola de sus palabras** (als wenn er nicht eins seiner Worte gehört hätte; *haber*)**.**

20

Después de un largo silencio, que sólo interrumpía el chirrido de la hoja al resbalar sobre la pulimentada madera, el joven exclamó dirigiéndose a su servidor, como si no hubiera escuchado una sola de sus palabras.

Íñigo, tú que eres viejo (Íñigo, du, der du alt bist)**; tú que conoces todas las guaridas del Moncayo** (du, der du alle Verstecke des Moncayos kennst; *conocer*)**, que has vivido en sus faldas** (der du in seinen Hängen gelebt hast; ***falda*** *— Rock; Bergabhang*) **persiguiendo a las fieras** (die Raubtiere verfolgend)**, y en tus errantes excursiones de cazador** (und in deinen umherschweifenden Ausflügen als Jäger; ***errar*** *— sich irren; umherziehen, umherirren*) **subiste más de una vez a su cumbre** (hast du mehr als ein Mal seinen Gipfel bestiegen; *subir*)**, dime** (sag mir; *decir*)**: ¿has encontrado por acaso una mujer** (hast du zufällig eine Frau getroffen) **que vive entre sus rocas** (die zwischen seinen Felsen lebt)**?**

—¡Una mujer (eine Frau)**! —exclamó el montero con asombro** (rief der Jäger mit Erstaunen; ***asombrar** — erstaunen, sich wundern*) **y mirándole de hito en hito** (und starrte ihn an: «und sah ihn von Meilenstein zu Meilenstein an»; ***hito**$_m$ — Grenzstein; Meilenstein; **mirar de hito en hito** — jdn. anstarren*)**.**

21

Íñigo, tú que eres viejo; tú que conoces todas las guaridas del Moncayo, que has vivido en sus faldas persiguiendo a las fieras, y en tus errantes excursiones de cazador subiste más de una vez a su cumbre, dime: ¿has encontrado por acaso una mujer que vive entre sus rocas?

—¡Una mujer! —exclamó el montero con asombro y mirándole de hito en hito.

—Sí (ja) **—dijo el joven** (sagte der junge Mann) **—; es una cosa extraña** (das ist eine merkwürdige Sache) **lo que me sucede** (die mir passiert: «die, die mir passiert»)**, muy extraña** (sehr merkwürdig)**... Creí poder guardar**

ese secreto eternamente (ich dachte, dieses Geheimnis ewig bewahren zu können; ***creer*** *— glauben;* ***eterno*** *— ewig;* ***eternidad****f — Ewigkeit*)**, pero no es ya posible** (aber das ist jetzt nicht mehr möglich: «aber das ist nicht jetzt möglich»)**; rebosa en mi corazón** (es wellt über in meinem Herzen) **y asoma a mi semblante** (und zeichnet sich auf meinem Gesichtsausdruck ab; ***semblante****m — Gesichtsausdruck, Miene*)**. Voy, pues, a revelártelo** (ich werde es dir also verraten; ***revelar*** *— enthüllen, verraten*)**... Tú me ayudarás a desvanecer el misterio** (du wirst mir helfen, das Geheimnis zu enthüllen) **que envuelve a esa criatura** (das diese Kreatur umhüllt; ***envolver*** *— einpacken, einhüllen; umhüllen*)**, que al parecer sólo para mí existe** (die anscheinend nur für mich existiert; *existir*)**, pues nadie la conoce** (da sie sonst niemand kennt)**, ni la ha visto** (noch gesehen hat)**, ni puede darme razón de ella** (noch mir Auskunft über sie erteilen kann; ***razón****f — Vernunft; Begründung; Recht; Auskunft*)**.**

22

—Sí —dijo el joven—; es una cosa extraña lo que me sucede, muy extraña... Creí poder guardar ese secreto eternamente, pero no es ya posible; rebosa en mi corazón y asoma a mi semblante. Voy, pues, a revelártelo... Tú me ayudarás a desvanecer el misterio que envuelve a esa criatura, que al parecer sólo para mí existe, pues nadie la conoce, ni la ha visto, ni puede darme razón de ella.

El montero, sin desplegar los labios (der Jäger, ohne die Lippen zu öffnen; ***plegar*** *— zusammenlegen*)**, arrastró su banquillo** (zog seine Bänkchen; ***banco***$_m$ *— Bank*) **hasta colocarle junto al escaño de su señor** (bis er es neben die Sitzbank seines Herren stellte)**, del que no apartaba un punto los espantados ojos** (von dem er seine erschrokkenen Augen nicht einen Punkt entfernte = von dem er nicht einen Moment seinen erschrockenen Blick abwandte; ***parte***$_f$ *— Teil; Seite;* ***apartar*** *— trennen; beiseitelegen; entfernen; abwenden*)**. Éste, después de coordinar sus ideas** (dieser, nachdem er seine Gedanken geordnet hatte: «seine Ideen koordiniert») **prosiguió así** (fuhr so fort)**:**

—Desde el día (seit dem Tag) **en que a pesar de tus funestas predicciones** (an dem ich trotz deiner unheilvollen Vorhersagen; ***decir*** *— sagen;* ***predecir*** *— vorhersagen*) **llegué a la fuente de los Álamos** (an die Quelle bei den Pappeln kam)**, y atravesando sus aguas** (und /nachdem/ ich ihre Wasser überquert hatte; ***atravesar*** *— durchbohren, durchqueren; überqueren*) **recobré el ciervo** (fand ich den Hirsch wieder; ***recobrar*** *— wiedererlangen, wiederbekommen, wiederfinden*) **que vuestra superstición hubiera dejado huir** (den euer Aberglaube hätte fliehen lassen;)**, se llenó mi alma del deseo de la soledad** (füllte sich meine Seele mit dem Wunsch nach Einsamkeit; ***solo*** *— allein; nur*)**.**

23

El montero, sin desplegar los labios, arrastró su banquillo hasta colocarle junto al escaño de su señor, del que no apartaba un punto los espantados ojos. Éste, después de coordinar sus ideas prosiguió así:

—Desde el día en que a pesar de tus funestas predicciones llegué a la fuente de los Álamos, y atravesando sus aguas recobré el ciervo que vuestra superstición hubiera dejado huir, se llenó mi alma del deseo de la soledad.

Tú no conoces aquel sitio (du kennst jenen Ort nicht). **Mira** (schau), **la fuente brota escondida en el seno de una peña** (die Quelle entspringt versteckt im Schoß eines Felsens), **y cae resbalándose gota a gota** (und fällt abperlend Tropfen um Tropfen; ***resbalar*** — *rutschen, gleiten*) **por entre las verdes y flotantes hojas de las plantas** (durch die grünen und schwebenden Blätter der Pflanzen; ***flotar*** — *treiben, schweben*) **que crecen al borde de su cuna** (die am Rande seines Ursprungs «Wiege» wachsen; *crecer*).

24

Tú no conoces aquel sitio. Mira, la fuente brota escondida en el seno de una peña, y cae resbalándose gota a gota por entre las verdes y flotantes hojas de las plantas que crecen al borde de su cuna.

Aquellas gotas que al desprenderse brillan (jene Tropfen, die beim sich Lösen glänzen; ***desprender*** *— sich /ab/lösen*) **como puntos de oro** (wie Punkte aus Gold) **y suenan como las notas de un instrumento** (und klingen wie Noten eines Instruments)**, se reúnen entre los céspedes** (sie sammeln sich zwischen den Grashalmen: «zwischen den Rasen»; *reunir;* ***césped****$_m$ — Rasen, Grünfläche*)**, y susurrando** (und flüsternd; ***susurrar*** *— flüstern; murmeln*)**, con un ruido semejante al de las abejas** (mit einem Geräusch, ähnlich dem der Bienen; ***semejar*** *— ähneln*) **que zumban en torno de las flores** (die um die Blüten summen; ***torno****$_m$ — Runde;* ***en torno*** *— um … herum*)**, se alejan por entre las arenas** (entfernen sie sich durch den Sand: «zwischen den Sanden»; ***lejos*** *— weit*)**, y forman un cauce** (und bilden einen Wasserlauf)**, y luchan con los obstáculos** (und kämpfen mit den Hindernissen) **que se oponen a su camino** (die sich ihrem Weg entgegenstellen = die sich ihnen in den Weg stellen; ***poner*** *— stellen;* ***oponer*** *— entgegenstehen, entgegenstellen*)**, y se repliegan sobre sí mismas** (und sich über sich selbst falten = und sich überschlagen; ***replegar*** *— mehrmals falten; zurückklappen*)**, y saltan** (und springen)**, y huyen**

(und fliehen; *huir*), **y corren** (und strömen; ***correr*** *— laufen, ströhmen*), **unas veces con risa** (mal lachend: «einige Male mit Lachen»; ***reírse*** *— lachen*), **otras con suspiros** (mal seufzend: «andere mit Seufzern»; ***suspirar*** *— seufzen*), **hasta caer en un lago** (bis /sie/ in einen See fallen).

25

Aquellas gotas que al desprenderse brillan como puntos de oro y suenan como las notas de un instrumento, se reúnen entre los céspedes, y susurrando, con un ruido semejante al de las abejas que zumban en torno de las flores, se alejan por entre las arenas, y forman un cauce, y luchan con los obstáculos que se oponen a su camino, y se repliegan sobre sí mismas, y saltan, y huyen, y corren, unas veces con risa, otras con suspiros, hasta caer en un lago.

En el lago caen con un rumor indescriptible (in den See fallen sie mit einem unbeschreiblichen Brausen; ***rumor***$_{m}$ *— Gerücht; Geräusch; Brausen*; ***describir***

— *beschreiben;* ***escribir*** *— schreiben*). **Lamentos** (Wehklagen; ***lamentar*** *— beklagen; bedauern*), **palabras** (Worte), **nombres** (Namen; *nombre*$_m$), **cantares** (Lieder; *cantar*$_m$; ***cantar*** *— singen*), **yo no sé lo que he oído en aquel rumor** (ich weiß nicht, was ich in diesem Rauschen hörte; *saber*) **cuando me he sentado sólo y febril sobre el peñasco** (als ich mich allein und fiebrig auf den Felsen setzte; ***fiebre***$_f$ *— Fieber*), **a cuyos pies saltan las aguas de la fuente misteriosa** (an dessen Fuß die Wasser der geheimnisvollen Quelle springen) **para estancarse en una balsa profunda** (um sich in einem tiefen Wasserbecken zu stauen), **cuya inmóvil superficie** (dessen unbewegliche = *stille* Oberfläche) **apenas riza el viento de la tarde** (der Nachmittagswind kaum = *leicht* kräuselt; ***apenas*** *— kaum; knapp*).

26

En el lago caen con un rumor indescriptible. Lamentos, palabras, nombres, cantares, yo no sé lo que he oído en aquel rumor cuando me he sentado sólo y febril sobre el peñasco, a cuyos pies saltan las aguas de la fuente misteriosa para estancarse en una balsa profunda, cuya inmóvil superficie apenas riza el viento de la tarde.

Todo es allí grande (alles ist dort groß). **La soledad** (die Einsamkeit; ***solo*** — *allein; nur*), **con sus mil rumores desconocidos** (mit ihren tausend unbekannten Geräuschen; ***conocer*** — *kennen, wissen;* ***desconocer*** — *nicht wissen, nicht kennen*), **vive en aquellos lugares** (lebt an jenen Orten) **y embriaga el espíritu en su inefable melancolía** (und berauscht den Geist mit ihrer unbeschreiblichen Melancholie; ***efable*** — *wortstark*). **En las plateadas hojas de los álamos** (in den silbernen Blättern der Pappeln; ***plata***$_f$ — *Silber*), **en los huecos de las peñas** (in den Lücken der Felsen), **en las ondas del agua** (in den Wellen des Wassers), **parecen** (scheint es; *parecer*) **que nos hablan los invisibles espíritus de la Naturaleza** (dass die unsichtbaren Geister der Natur zu uns sprechen; ***visible*** — *sichtbar*), **que reconocen un hermano** (die einen Bruder sehen: «erkennen»; *reconocer*) **en el inmortal espíritu del hombre** (im unsterblichen Geist des Menschen; ***mortal*** — *sterblich;* ***morir*** — *sterben*).

27

Todo es allí grande. La soledad, con sus mil rumores desconocidos, vive en aquellos lugares y embriaga el espíritu en su inefable melancolía. En las plateadas hojas de los álamos, en los huecos de las peñas, en las ondas del agua, parecen que nos hablan los invisibles espíritus de la Naturaleza, que reconocen un hermano en el inmortal espíritu del hombre.

Cuando al despuntar la mañana (wenn /du/ zum Anbruch des Morgens = zum Morgengrauen; ***despuntar*** *— anbrechen; Spitze abbrechen*) **me veías tomar la ballesta** (mich die Armbrust nehmen sahst) **y dirigirme al monte** (und mich Richtung Berge begeben /sahst/)**, no fue nunca para perderme entre sus matorrales** (war dies nie, um mich zwischen = in seinem Dickicht zu verlieren) **en pos de la caza, no** (hinter dem Wild her, nein; ***caza***$_f$ *— Jagd; Wild*)**; iba a sentarme al borde de la fuente** (ich ging, um mich an den Rand der Quelle zu setzen; *ir*)**, a**

buscar en sus ondas (um in ihren Wellen zu suchen)**... no sé qué** (ich weiß nicht was)**, ¡una locura** (Wahnsinn!; *loco — verrückt*)**! El día en que salté sobre ella con mi *Relámpago*** (an dem Tag, als ich mit meinem *Blitz* über sie sprang)**, creí haber visto brillar en su fondo una cosa extraña** (glaubte ich, auf ihrem Grund eine merkwürdige Sachen glänzen zu sehen; *creer*)**... muy extraña** (/eine/ sehr merkwürdige /Sache/)**...; los ojos de una mujer** (die Augen einer Frau)**.**

28

Cuando al despuntar la mañana me veías tomar la ballesta y dirigirme al monte, no fue nunca para perderme entre sus matorrales en pos de la caza, no; iba a sentarme al borde de la fuente, a buscar en sus ondas... no sé qué, ¡una locura! El día en que salté sobre ella con mi *Relámpago*, creí haber visto brillar en su fondo una cosa extraña... muy extraña...; los ojos de una mujer.

Tal vez sería un rayo de sol (vielleicht wäre = *war* es ein Sonnenstrahl) **que serpeó fugitivo entre su espuma** (der sich flüchtig zwischen ihrem Schaum schlängelte = der flüchtig in ihrem Schaum aufblitze; *serpear;* ***serpentear*** *— sich schlängeln, winden*)**; tal vez una de esas flores** (vielleicht eine dieser Blüten; ***flor***$_f$ *— Blume; Blüte*) **que flotan entre las algas de su seno** (die zwischen den Algen ihres Wellentals schweben; ***seno***$_m$ *— Schoß; Brust; Vertiefung; Wellental*)**, y cuyos cálices parecen esmeraldas** (und dessen Kelche Smaragden ähneln; *parecer*)**... no sé** (ich weiß nicht)**: yo creí ver una mirada** (ich glaube, einen Blick = *Augen* zu sehen; ***mirar*** *— /an/ sehen, /an/schauen*) **que se clavó en la mía** (der sich in den meinen bohrte: «festnagelte»; ***clavo***$_m$ *— Nagel*)**; una mirada que encendió en mi pecho un deseo absurdo** (ein Blick, der in meiner Brust einen absurden Wunsch entfachte: «entzündete»; ***encencer*** *— zünden; anstecken*)**, irrealizable** (undurchführbar; ***realizar*** *— verwirklichen; durchführen*)**: el de encontrar una persona con unos ojos como aquellos** (den, eine Person mit Augen wie diesen zu finden)**.**

En su busca fui un día y otro a aquel sitio (auf der Suche danach ging ich immer wieder zu diesem Ort: «auf deren Suche, ging ich einen Tag und anderen zu diesem Ort»; ***buscar*** — *suchen*).

29

Tal vez sería un rayo de sol que serpeó fugitivo entre su espuma; tal vez una de esas flores que flotan entre las algas de su seno, y cuyos cálices parecen esmeraldas... no sé: yo creí ver una mirada que se clavó en la mía; una mirada que encendió en mi pecho un deseo absurdo, irrealizable: el de encontrar una persona con unos ojos como aquellos.

En su busca fui un día y otro a aquel sitio.

Por último, una tarde (schließlich, eines Nachmittags; ***último*** — *letzte, letzter, letztes;* ***por último*** — *schließlich, zuletzt*)**... yo me creí juguete de un sueño** (glaubte ich mich Spielzeug eines Traums = glaubte ich, Spielzeug eines Traums /zu sein/; ***jugar*** — *spielen*)**...; pero no, es verdad** (aber nein, es ist die Wahrheit)**; la he hablado ya**

muchas veces (ich habe sie schon viele Male gesprochen: «gesagt»), **como te hablo a ti ahora** (so wie ich jetzt mit dir spreche)**...; una tarde encontré sentada en mi puesto** (eines Nachmittags fand ich auf meinem Platz sitzend)**, y vestida con unas ropas que llegaban hasta las aguas** (und bekleidet mit Gewändern, die bis ins Wasser reichten; ***vestir*** *— tragen; anhaben*) **y flotaban sobre su haz** (und auf dessen Oberfläche trieben; ***haz****, m — Bündel, Strahl*)**, una mujer hermosa sobre toda ponderación** (eine wunderschöne Frau über jedem Lob = eine unvergleichlich schöne Frau; ***ponderar*** *— abwägen; preisen*)**.**

30

Por último, una tarde... yo me creí juguete de un sueño...; pero no, es verdad; la he hablado ya muchas veces, como te hablo a ti ahora...; una tarde encontré sentada en mi puesto, y vestida con unas ropas que llegaban hasta las aguas y flotaban sobre su haz, una mujer hermosa sobre toda ponderación.

Sus cabellos eran como el oro (ihre Haaren waren wie das Gold; *ser*)**; sus pestañas brillaban como hilos de luz** (ihre Wimpern glänzten wie Lichtfäden; ***brillo****m* — *Glanz),* **y entre las pestañas volteaban inquietas** (und zwischen den Wimpern drehten = *bewegten* sich ruhelos; ***quieto*** — *ruhig*) **unas pupilas que yo había visto** (Pupillen, die ich gesehen hatte = die ich kannte)**... sí; porque los ojos de aquella mujer** (ja, denn die Augen dieser Frau) **eran los que yo tenía clavados en la mente** (waren diejenigen, die ich in meinen Verstand genagelt hatte = die sich mir eingebrannt hatten)**; unos ojos de un color imposible** (Augen aus einer unmöglichen Farbe)**; unos ojos** (Augen)**...**

31

Sus cabellos eran como el oro; sus pestañas brillaban como hilos de luz, y entre las pestañas volteaban inquietas unas pupilas que yo había visto... sí; porque los ojos de aquella mujer eran los que yo tenía clavados en la mente; unos ojos de un color imposible; unos ojos...

—¡Verdes (grün)**! —exclamó Íñigo** (rief Íñigo) **con un acento de profundo terror** (mit einem Tonfall tiefsten Terrors) **e incorporándose de un salto en su asiento** (und sich mit einem Sprung in seinem Sitz aufsetzend; ***sentar*** — *setzen*)**.**

Fernando le miró a su vez (Fernando schaute ihn seinerseits an; ***vez***$_f$ — *Mal*) **como asombrado** (mit Verwunderung /darüber/) **de que concluyese lo que iba a decir** (dass er beendete, was er /gerade/ sagen wollte; *concluir*)**, y le preguntó** (und fragte ihn; ***pregunta***$_f$ — *Frage*) **con una mezcla de ansiedad y de alegría** (mit einer Mischung aus Beklemmung und Freude; ***mezclar*** — *mischen*)**:**

—¿La conoces (kennst du sie)**?**

32

—¡Verdes! —exclamó Íñigo con un acento de profundo terror e incorporándose de un salto en su asiento.

Fernando le miró a su vez como asombrado de que concluyese lo que iba a decir, y le preguntó con una mezcla de ansiedad y de alegría:

—¿La conoces?

—¡Oh no (oh nein)**! —dijo el montero** (sagte der Jäger)**—. ¡Líbreme Dios de conocerla** (Gott bewahre: «befreie mich Gott davon, sie zu kennen»; ***librar** — befreien, retten*)**! Pero mis padres** (aber meine Eltern)**, al prohibirme llegar hasta esos lugares** (als sie mir verboten, zu diesem Ort zu gehen: «als sie mir verboten, bis zu diesen Orten zu kommen»)**, me dijeron mil veces** (sagten mir tausend Male) **que el espíritu** (dass der Geist)**, trasgo** (Kobold)**, demonio** (Dämon) **o mujer** (oder Frau) **que habita en sus aguas** (die in ihrem Wasser lebt)**, tiene los ojos de ese color** (Augen in dieser Farbe hat)**.**

33

—¡Oh no! —dijo el montero—. ¡Líbreme Dios de conocerla! Pero mis padres, al prohibirme llegar hasta esos lugares, me dijeron mil veces que el espíritu, trasgo, demonio o mujer que habita en sus aguas, tiene los ojos de ese color.

Yo os conjuro (ich beschwöre Euch), **por lo que más améis en la tierra** (für das, was Ihr am meisten liebt auf der Erde), **a no volver a la fuente de los Álamos** (nicht zu der Quelle bei den Pappeln zurückzukehren). **Un día u otro os alcanzará su venganza** (eines Tages wird Euch ihre Rache erreichen: «ein Tag oder anderer»; ***vengar*** *— rächen*), **y expiaréis muriendo** (und Ihr werden sterbend büßen = und mit Eurem Tod werden Ihr büßen; ***expiar*** *— büßen, eine Strafe verbüßen; morir*) **el delito de haber encenagado sus ondas** (das Verbrechen, ihre Wellen beschmutz zu haben; ***encenagar*** *— mit Schlamm bedecken;* ***ciénaga*** *— Morast, Sumpf*).

—¡Por lo que más amo (für das, was ich am meisten liebe)**!... —murmuró el joven con una triste sonrisa** (murmelte der junge Mann mit einem traurigen Lächeln; ***sonreír*** *— lächeln*).

34

Yo os conjuro, por lo que más améis en la tierra, a no volver a la fuente de los Álamos. Un día u otro os alcanzará su venganza, y expiaréis muriendo el delito de haber encenagado sus ondas.

—¡Por lo que más amo!... —murmuró el joven con una triste sonrisa.

—Sí (ja) **—prosiguió el anciano** (fuhr der Greis fort; ***seguir*** *— folgen; verfolgen; fortfahren;* ***proseguir*** *— fortführen; verfolgen*) **—; por vuestros padres** (für Eure Eltern)**, por vuestros deudos** (für Eure Verwandten)**, por las lágrimas de la que el cielo destina para vuestra esposa** (für die Tränen derjenigen, die der Himmel als Eure Frau bestimmt hat; ***destinar*** *— bestimmen*)**, por las de un servidor** (für die eines Dieners) **que os ha visto nacer** (der Euch auf die Welt kommen sah; ***nacer*** *— geboren werden, auf die Welt kommen*)**.**

35

—Sí —prosiguió el anciano—; por vuestros padres, por vuestros deudos, por las lágrimas de la que el cielo destina para vuestra esposa, por las de un servidor que os ha visto nacer.

—¿Sabes tú lo que más amo en este mundo (weißt du, was ich am meisten liebe auf dieser Welt)**? ¿Sabes tú** (weißt du) **por qué daría yo el amor de mi padre** (wofür ich die Liebe meines Vaters hergeben würde)**, los besos de la que me dio la vida** (die Küsse derjenigen, die mir das Leben gab; ***besar*** *— küssen*)**, y todo el cariño** (und all die Zuneigung) **que puedan atesorar todas las mujeres de la tierra** (die mir alle Frauen der Welt ansammeln = *geben* können)**? Por una mirada** (für einen Blick)**, por una sola mirada de esos ojos** (für nur einen Blick dieser Augen)**... ¡Cómo podré yo dejar de buscarlos** (wie könnte ich aufhören sie zu suchen; *poder*)**!**

36

—¿Sabes tú lo que más amo en este mundo? ¿Sabes tú por qué daría yo el amor de mi padre, los besos de la que me dio la vida, y todo el cariño que puedan atesorar todas las mujeres de la tierra? Por una mirada, por una sola mirada de esos ojos... ¡Cómo podré yo dejar de buscarlos!

Dijo Fernando estas palabras con tal acento (Fernando sagte diese Worte in so /einem/ Tonfall)**, que la lágrima que temblaba en los párpados de Íñigo** (dass die Träne, die an den Lidern von Íñigo zitterte) **se resbaló silenciosa por su mejilla** (leise über seine Wange glitt; ***silencio*** *— Stille, Ruhe*)**, mientras exclamó con acento sombrío** (während er in düsterem Tonfall rief)**:**
—¡Cúmplase la voluntad del cielo (erfülle sich der Wille des Himmels; *cumplir*)**!**

37

Dijo Fernando estas palabras con tal acento, que la lágrima que temblaba en los párpados de Íñigo se resbaló silenciosa por su mejilla, mientras exclamó con acento sombrío: —¡Cúmplase la voluntad del cielo!

III

—¿Quién eres tú (wer bist du)**? ¿Cuál es tu patria** (welches ist dein Heimatland)**? ¿En dónde habitas** (wo lebst du)**? Yo vengo un día y otro en tu busca** (ich komme immer wieder, um dich zu suchen: «ich komme einen Tag und anderen auf deiner Suche»; *venir*)**, y ni veo el corcel** (und weder sehe ich das Ross) **que te trae a estos lugares** (das dich zu diesen Orten bringt)**, ni a los servidores que conducen tu litera** (noch die Diener, die deine Sänfte befördern; ***conducir*** *— fahren, steuern; führen; befördern*)**. Rompe una vez el misterioso velo** (zerreiß ein Mal den geheimnisvollen Schleier; *romper*) **en que te envuelves** (in den du dich hüllst; *envolver*) **como en una noche, profunda** (wie in eine tiefe Nacht)**. Yo te amo** (ich liebe dich)**, y, noble o villana** (und, Adlige oder Nichtadelige; ***villano***$_m$ *— Bösewicht; Bauer; Nichtadeliger*)**, seré tuyo** (ich werde deiner = *dein* sein)**, tuyo siempre** (immer dein)**.**

38

—¿Quién eres tú? ¿Cuál es tu patria? ¿En dónde habitas? Yo vengo un día y otro en tu busca, y ni veo el corcel que te trae a estos lugares, ni a los servidores que conducen tu litera. Rompe una vez el misterioso velo en que te envuelves como en una noche, profunda. Yo te amo, y, noble o villana, seré tuyo, tuyo siempre.

El sol había traspuesto la cumbre del monte (die Sonne hatte sich hinter der Bergkuppe versteck; ***traspo-ner*** *— umstellen; sich verstecken*)**; las sombras bajaban a grandes pasos por su falda** (die Schatten stiegen in großen Schritten ihren Hang hinunter)**; la brisa gemía entre los álamos de la fuente** (die Brise heulte zwischen den Pappeln der Quelle; ***gemir*** *— stöhnen; heulen*)**, y la niebla** (und der Nebel)**, elevándose poco a poco de la superficie del lago** (Stück für Stück von der Seeoberflä-che emporsteigend: «sich bisschen für bisschen von der Oberfläche des Sees hebend»)**, comenzaba a envolver las**

rocas de su margen (begann die Felsen an dessen Rand zu umhüllen; ***comienzo**$_m$ — Anfang, Beginn*).

39

El sol había traspuesto la cumbre del monte; las sombras bajaban a grandes pasos por su falda; la brisa gemía entre los álamos de la fuente, y la niebla, elevándose poco a poco de la superficie del lago, comenzaba a envolver las rocas de su margen.

Sobre una de estas rocas (auf einem dieser Felsen), **sobre una** (auf einem) **que parecía próxima a desplomarse en el fondo de las aguas** (der nahe daran war, auf den Grund des Wassers zu stürzen: «der nahe erschien, auf den Grund des Wasser einzustürzen»; ***desplomarse** — einstürzen; in Ohnmacht fallen*), **en cuya superficie se retrataba temblando** (auf dessen Oberfläche sich zitternd abbildete; ***retratar** — porträtieren; schildern; abbilden*), **el primogénito de Almenar** (der Erstgeborene /der/ Almenar), **de rodillas a los pies de su misteriosa amante** (auf Knien zu Füßen seiner geheimnisvollen Geliebten),

procuraba en vano (versuchte vergeblich) **arrancarle el secreto de su existencia** (ihr das Geheimnis ihrer Existenz zu entreißen; ***arrancar*** — *starten; herausreißen; entreißen;* ***existir*** — *existieren, leben*)**.**

40

Sobre una de estas rocas, sobre una que parecía próxima a desplomarse en el fondo de las aguas, en cuya superficie se retrataba temblando, el primogénito de Almenar, de rodillas a los pies de su misteriosa amante, procuraba en vano arrancarle el secreto de su existencia.

Ella era hermosa (sie war wunderschön), **hermosa y pálida** (wunderschön und blass)**, como una estatua de alabastro** (wie eine Statue aus Alabaster)**. Uno de sus rizos caía sobre sus hombros** (eine ihrer Locken fiel über ihre Schultern; ***rizar*** — *kräuseln*)**, deslizándose entre los pliegues del velo** (zwischen die Falten ihres Schleiers gleitend; ***plegar*** — */zusammen/falten*)**, como un rayo de sol que atraviesa las nubes** (wie ein Sonnenstrahl, der durch die Wolken dringt; ***atravesar*** *— überqueren; durchstoßen*), **y en el cerco de sus pestañas rubias** (und im Kreis ihrer blonden Wimpern) **brillaban sus pupilas** (glänzten ihre Pupillen), **como dos esmeraldas sujetas en una joya de oro** (wie zwei Smaragde eingefasst in ein Juwel aus Gold; ***sujetar*** *— festhalten, befestigen*).

41

Ella era hermosa, hermosa y pálida, como una estatua de alabastro. Uno de sus rizos caía sobre sus hombros, deslizándose entre los pliegues del velo, como un rayo de sol que atraviesa las nubes, y en el cerco de sus pestañas rubias brillaban sus pupilas, como dos esmeraldas sujetas en una joya de oro.

Cuando el joven acabó de hablarle (als der junge Mann geendet hatte zu ihr zu sprechen = nachdem der junge Mann zu ihr gesprochen hatte), **sus labios se removieron** (bewegten sich ihre Lippen; ***mover*** *— bewegen;* ***remover*** *— entfernen; aufwühlen;* ***removerse*** *— in Wallung kommen /Wasser/*) **como para pronunciar**

algunas palabras (wie um einige Worte zu sagen = als wollte sie etwas sagen)**; pero sólo exhalaron un suspiro** (aber sie stießen nur einen Seufzer aus)**, un suspiro débil** (einen schwachen Seufzer)**, doliente** (leidend; ***dolor**$_m$* — *Schmerz;* ***doler*** — *schmerzen, wehtun*)**, como el de la ligera onda** (wie der der leichten Welle) **que empuja una brisa al morir entre los juncos** (die gedrückt von eine Brise zwischen dem Schilf stirbt)**.**

42

Cuando el joven acabó de hablarle, sus labios se removieron como para pronunciar algunas palabras; pero sólo exhalaron un suspiro, un suspiro débil, doliente, como el de la ligera onda que empuja una brisa al morir entre los juncos.

—¡No me respondes (du antwortest mir nicht)**! —exclamó Fernando** (rief Fernando)**, al ver burlada su esperanza** (als er seine Hoffnung zunichtegemacht sah; ***burlar*** — *verspotten; umgehen; zunichtemachen;* ***esperar*** — *warten; hoffen*) **—; ¿querrás que dé crédito** (willst du, dass ich /dem/ Glauben schenke: «wirst du wollen, dass ich /dem/ Glauben gebe»; ***querer*** *— wollen; mögen, lieben; dar;* ***crédito***$_m$ *— Kredit; Glaube, Vertrauen*) **a lo que de ti me han dicho** (was sie mir über dich gesagt haben)**? ¡Oh, no** (Oh, nein)**!... Háblame** (sprich mit mir)**; yo quiero saber si me amas** (ich will wissen, ob du mich liebst)**; yo quiero saber** (ich will wissen) **si puedo amarte** (ob ich dich lieben kann)**, si eres una mujer** (ob du eine Frau bist)**...**

—O un demonio (oder ein Dämon)**... ¿Y si lo fuese** (und wenn du einer wärst; *ser*)**?**

43

—¡No me respondes! —exclamó Fernando, al ver burlada su esperanza—; ¿querrás que dé crédito a lo que de ti me han dicho? ¡Oh, no!... Háblame; yo quiero saber si me amas; yo quiero saber si puedo amarte, si eres una mujer...

—O un demonio... ¿Y si lo fuese?

El joven vaciló un instante (der junge Mann zögerte einen Augenblick)**; un sudor frío corrió por sus miembros** (ein kalter Schweiß lief über seine Glieder; ***sudar** — schwitzen*)**; sus pupilas se dilataron** (seine Pupillen weiteten sich) **al fijarse con más intensidad** (als sie sich mit mehr Intensität hefteten; ***fijar** — befestigen; heften; **fijarse** — aufpassen; anschauen*) **en las de aquella mujer** (auf die dieser Frau)**, y fascinado por su brillo fosfórico** (und fasziniert von deren phosphorischen Glanz; ***fascinar** — faszinieren, fesseln*)**, demente casi** (wahnsinnig fast; ***mente**$_f$ — Verstand; **dementar** — um den Verstand bringen*)**, exclamó en un arrebato de amor** (rief er in einem Ausbruch von Liebe)**:**

—Si lo fueses (wenn du es wärst)**... te amaría** (ich würde dich lieben)**... te amaría** (ich würde dich lieben)**, como te amo ahora** (wie ich dich jetzt liebe)**, como es mi destino amarte** (wie es mein Schicksal ist, dich zu lieben)**, hasta más allá de esta vida** (bis über dieses Leben hinaus)**, si hay algo más allá de ella** (wenn es darüber hinaus etwas gibt)**.**

44

El joven vaciló un instante; un sudor frío corrió por sus miembros; sus pupilas se dilataron al fijarse con más intensidad en las de aquella mujer, y fascinado por su brillo fosfórico, demente casi, exclamó en un arrebato de amor:

—Si lo fueses... te amaría... te amaría, como te amo ahora, como es mi destino amarte, hasta más allá de esta vida, si hay algo más allá de ella.

—Fernando (Fernando) **— dijo la hermosa entonces** (sagte die Schöne dann) **con una voz semejante a una música** (mit einer Stimme ähnlich wie eine Musik = mit einer musikähnlichen Stimme; ***semejar*** *— ähneln*) **—: yo te amo más aún** (ich liebe dich noch mehr) **que tú me amas** (als du mich liebst)**; yo que desciendo hasta un mortal** (ich, die ich bis zu einem Sterblichen hinunter steige; *descender;* ***muerte****$_f$ — Tod*)**, siendo un espíritu puro** (/obwohl/ ich ein reiner Geist bin)**. No soy una mujer** (ich bin keine Frau) **como las que existen en la**

tierra (wie die, die auf der Erde leben)**; soy una mujer digna de ti** (ich bin eine dir würdige Frau; ***dignidad***$_f$ — *Würde*)**, que eres superior a los demás hombres** (der du den übrigen Männern überlegen bist; ***superior*** — *besser, höher, überlegen*).

45

— Fernando — dijo la hermosa entonces con una voz semejante a una música—: yo te amo más aún que tú me amas; yo que desciendo hasta un mortal, siendo un espíritu puro. No soy una mujer como las que existen en la tierra; soy una mujer digna de ti, que eres superior a los demás hombres.

Yo vivo en el fondo de estas aguas (ich lebe auf dem Grund dieses Wassers: «dieser Wasser»)**; incorpórea como ellas** (/bin/ körperlos wie es; ***cuerpo***$_m$ — *Körper*)**, fugaz y transparente** (flüchtig und durchsichtig; ***fuga***$_f$ — *Flucht*)**, hablo con sus rumores** (spreche mit seinem Brausen) **y ondulo con sus pliegues** (und welle mich mit seinen Falten; *ondular*)**. Yo no castigo al que osa** (ich bestrafe denjenigen nicht, der es wagt) **turbar la fuente donde moro** (die Quelle, in der ich lebe, zu trüben; *morar*)**; antes le premio con mi amor** (vorher belohne ich ihn mit meiner Liebe; *premiar*)**, como a un mortal superior a las supersticiones del vulgo** (wie einen Sterblichen, der dem Aberglauben des gemeinen Volkes überlegen ist)**, como a un amante** (wie einen Liebhaber; *amar*) **capaz de comprender mi cariño** (der fähig ist, meine Zuneigung zu verstehen) **extraño y misterioso** (fremd und geheimnisvoll; ***extraño*** *— fremd; sonderbar; ungewöhnlich*)**.**

46

Yo vivo en el fondo de estas aguas; incorpórea como ellas, fugaz y transparente, hablo con sus rumores y ondulo con sus pliegues. Yo no castigo al que osa turbar la fuente donde moro; antes le premio con mi amor, como a un mortal superior a las supersticiones del vulgo, como a un amante capaz de comprender mi cariño extraño y misterioso.

Mientras ella hablaba así (während sie so sprach), **el joven, absorto en la contemplación de su fantástica hermosura** (der junge Mann, versunken in der Betrachtung ihrer faszinierenden Schönheit; ***absorber*** — *aufsaugen; absorbieren;* ***contemplar*** — *betrachten*), **atraído como por una fuente desconocida** (angezogen wie von einer unbekannten Quelle; *atraer*), **se aproximaba más y más al borde de la roca** (näherte er sich mehr und mehr dem Rand des Felsens; ***próximo*** — *nahe; nächster*).

47

Mientras ella hablaba así, el joven, absorto en la contemplación de su fantástica hermosura, atraído como por una fuente desconocida, se aproximaba más y más al borde de la roca.

La mujer de los ojos verdes prosiguió así (die Frau mit den grünen Augen fuhr so fort):

—¿Ves (siehst du), **ves el límpido fondo de ese lago** (siehst du den sauberen Grund dieses Sees; ***limpiar*** — *sauber machen; säubern*), **ves esas plantas de largas y**

verdes hojas (siehst du diese Pflanzen mit langen und grünen Blättern) **que se agitan en su fondo** (die sich auf seinem Grund hin und her bewegen)**?... Ellas nos darán un lecho de esmeraldas y corales** (sie werden uns ein Bett aus Smaragden und Korallen geben = sein)**... y yo** (und ich)**... yo te daré una felicidad sin nombre** (ich werde dir ein Glück ohne Namen geben = ein Glück ohne Gleichen bescheren; ***feliz*** *— glücklich*)**, esa felicidad** (dieses Glück) **que has soñado en tus horas de delirio** (was du dir in deinen Stunden des Wahns erträumt hast)**, y que no puede ofrecerte nadie** (und was dir niemand bieten kann)**...**

48

La mujer de los ojos verdes prosiguió así:

—¿Ves, ves el límpido fondo de ese lago, ves esas plantas de largas y verdes hojas que se agitan en su fondo?... Ellas nos darán un lecho de esmeraldas y corales... y yo... yo te daré una felicidad sin nombre, esa felicidad que has soñado en tus horas de delirio, y que no puede ofrecerte nadie...

Ven (komm; *venir*), **la niebla del lago flota sobre nuestras frentes** (der Nebel des Sees schwebt über unseren Gesichtern; ***frente**$_f$ — Stirn; Vorderseite; Gesicht*) **como un pabellón de lino** (wie ein Pavillon aus Leinen)**... las ondas nos llaman** (die Wellen rufen uns) **con sus voces incomprensibles** (mit ihren unverständlichen Stimmen; ***comprender** — verstehen; **comprensible** — verständlich; begreiflich*), **el viento empieza entre los álamos** (der Wind beginnt zwischen den Pappeln; *empezar*) **sus himnos de amor** (/mit/ seinen Liebeshymnen); **ven** (komm)**... ven** (komm)**...**

49

Ven, la niebla del lago flota sobre nuestras frentes como un pabellón de lino... las ondas nos llaman con sus voces incomprensibles, el viento empieza entre los álamos sus himnos de amor; ven... ven...

La noche comenzaba a extender sus sombras (die Nacht begann ihre Schatten auszubreiten), **la luna rielaba en la superficie del lago** (der Mond glitzerte auf der

Oberfläche des Sees), **la niebla se arremolinaba al soplo del aire** (der Nebel wurde vom Lufthauch aufgewirbelt; ***molino***$_m$ *— Mühle;* ***arremolinarse*** *— strudeln, aufgewirbelt werden,* ***soplar*** *— pusten*)**, y los ojos verdes brillaban en la oscuridad** (und die grünen Augen glänzten in der Dunkelheit; ***oscuro*** *— dunkel*) **como los fuegos fatuos** (wie Irrlichter; ***fatuo*** *— eingebildet, eitel; albern;* ***fuego***$_m$ *— Feuer;* ***fuego fatuo***$_m$ *— Irrlicht*) **que corren sobre el haz de las aguas infectas** (die über die Oberfläche von verseuchten Wassern eilen; ***infectar*** *— infizieren; verseuchen;* ***infecto*** *— infiziert; verseucht; schmutzig;* ***correr*** *— laufen; eilen*)**... Ven** (komm)**... ven** (komm)**...**

50

La noche comenzaba a extender sus sombras, la luna rielaba en la superficie del lago, la niebla se arremolinaba al soplo del aire, y los ojos verdes brillaban en la oscuridad como los fuegos fatuos que corren sobre el haz de las aguas infectas... Ven... ven...

Estas palabras zumbaban en los oídos de Fernando (diese Worte dröhnten in Fernandos Ohren; ***zumbar*** *— summen; sausen;* ***oír*** *— hören;* ***oído***$_m$ *— Gehör, Gehörsinn; inneres Ohr*) **como un conjuro** (wie eine Beschwörung; ***jurar*** *— schwören;* ***conjurar*** *— beschwören*)**. Ven** (komm)**... y la mujer misteriosa le llamaba** (und die geheimnisvolle Frau rief ihn) **al borde del abismo** (zum Rand des Abgrundes) **donde estaba suspendida** (wo sie schwebte: «wo sie aufgehängt war»; ***suspender*** *— sperren; durchfallen; unterbrechen; aufhängen*)**, y parecía ofrecerle un beso** (und es schien, /als würde sie/ ihm einen Kuss anbieten)**... un beso** (einen Kuss)**...**

51

Estas palabras zumbaban en los oídos de Fernando como un conjuro. Ven... y la mujer misteriosa le llamaba al borde del abismo donde estaba suspendida, y parecía ofrecerle un beso... un beso...

Fernando dio un paso hacia ella (Fernando machte einen Schritt zu ihr = auf sie zu)**... otro** (noch einen)**...**

y sintió unos brazos delgados y flexibles (und spürte schlanke und bewegliche Arme; ***sentir*** *— fühlen, spüren*) **que se liaban a su cuello** (die sich um seinen Hals schlangen; ***liar*** *— zusammenbinden, einwickeln*)**, y una sensación fría** (und ein kaltes Gefühl) **en sus labios ardorosos** (auf seinen glühenden Lippen; ***arder*** *— brennen;* ***ardor*** $_m$ *— Hitze; Glut*)**, un beso de nieve** (ein Kuss aus Schnee; *nieve, f*)**... y vaciló** (und er schwankte)**... y perdió pie** (und verlor den Halt: «und verlor den Fuß»; ***pie*** $_m$ *— Fuß*)**, y calló al agua** (und fiel ins Wasser; *caer*) **con un rumor sordo y lúgubre** (mit einem dumpfen und schwermütigen Geräusch; ***sordo*** *— taub; geräuschlos; dumpf*)**.**

52

Fernando dio un paso hacia ella... otro... y sintió unos brazos delgados y flexibles que se liaban a su cuello, y una sensación fría en sus labios ardorosos, un beso de nieve... y vaciló... y perdió pie, y calló al agua con un rumor sordo y lúgubre.

Las aguas saltaron en chispas de luz (die Wasser sprühten in Lichtfunken /auf/; ***saltar*** — *springen; sprühen*), **y se cerraron sobre su cuerpo** (und schlossen sich über seinem Körper), **y sus círculos de plata fueron ensanchándose, ensanchándose** (und deren Kreise aus Silber dehnten sich aus, dehnten sich aus; ***ancho*** — *breit, weit*) **hasta expirar en las orillas** (bis sie an den Ufern erstarben; ***expirar*** — *ablaufen; sterben; untergehen*).

53

Las aguas saltaron en chispas de luz, y se cerraron sobre su cuerpo, y sus círculos de plata fueron ensanchándose, ensanchándose hasta expirar en las orillas.

Printed in Poland
by Amazon Fulfillment
Poland Sp. z o.o., Wrocław

70414677R00049